A fome de Nelson

Adriana Armony

A fome de Nelson

romance

EDITORA RECORD
RIO DE JANEIRO • SÃO PAULO

2005

CIP-Brasil. Catalogação-na-fonte
Sindicato Nacional dos Editores de Livros, RJ.

Armony, Adriana
A763f A fome de Nelson / Adriana Armony. Rio de
Janeiro: Record, 2005.

ISBN 85-01-07172-2

1. Romance brasileiro. I. Título.

05-1059

CDD – 869.93
CDU – 821.134.3(81)-3

Copyright © 2005, Adriana Armony

Capa: EG Design / Evelyn Grumach
Ilustração de capa: Roberto Rodrigues / Acervo Sergio Rodrigues
Foto para capa e orelha: Fernando Rabelo

Direitos exclusivos desta edição reservados pela
DISTRIBUIDORA RECORD DE SERVIÇOS DE IMPRENSA S.A.
Rua Argentina 171 – 20921-380 – Rio de Janeiro, RJ – Tel.: 2585-2000

Impresso no Brasil

ISBN 85-01-07172-2

PEDIDOS PELO REEMBOLSO POSTAL
Caixa Postal 23.052
Rio de Janeiro, RJ – 20922-970

para Paulo Marcelo Sampaio

AGRADECIMENTOS

Agradeço a todos os que de alguma forma estiveram presentes na escritura deste livro.

A Marcel Souto Maior, Anabela Paiva, Ana Lúcia Milhomens, José Thomaz Brum, Sérgio Augusto e Ricardo Oiticica, que gentilmente leram os originais, estimulando-me a prosseguir.

Àqueles que me acompanharam e me incentivaram na minha tese de doutorado "Nelson Rodrigues, leitor de Dostoiévski", especialmente a Roberto Corrêa dos Santos, João Camillo Pena e Victor Hugo Adler Pereira.

A meu pai, Nahman Armony, que me ensinou a amar Dostoiévski, e a Maria Izabel de Paula Ribeiro, cuja paixão pelo narrador alterou os rumos do texto.

A Luciana Villas-Boas, que acreditou neste romance.

E, sobretudo, ao meu amado Paulo Marcelo, que me apresentou Nelson Rodrigues, e a quem devo o início, o meio e o fim deste livro.

SUMÁRIO

Prólogo   11

Em busca de Eros   15

A casa dos mortos   49

O espetáculo   91

Epílogo   109

PRÓLOGO

Sou um homem doente, um homem desagradável, creio que sofro do fígado... É a mais pura verdade; e no entanto alguém já escreveu isto, e me espreita das páginas de um livro com sua barba espessa e olhos que "perscrutam a alma". Eis que já no início desta minha novela de ficção — se é que se pode chamar de novela a esta biografia imaginária, ou de ficção a esta trapaça biográfica — surge-me inadvertidamente essa palavra antiga, alada, que se estende como um lençol perfumado sobre o meu corpo cansado. Quem hoje perscruta a alma de alguém? Ou antes: quem hoje tem alma? É uma palavra tão fora de moda quanto "polainas", por exemplo. Ele — meu personagem secreto — também era doente; também foi tuberculoso e, como herança da fome, ganhou uma úlcera, da qual dizia ter de alimentar com pires de leite — o que nos faz sentir certa ternura por uma doença que acabou por se tornar de estimação. Quanto a saber se vivia enredado em suposições e invencionices, ou de que forma criava seus personagens — quem poderá saber?

Conheci meu "personagem secreto" no Sanatorinho, uma mistura estranha de hospital e hotel aonde mandavam os tuberculosos para se curarem ou se extinguirem de vez. A vantagem era que, além dos cuidados médicos e do clima do local serem propícios à recuperação dos doentes, poupava-se aos familiares o espetáculo das inestancáveis tosses e secreções. O nome Sanatorinho evocava confinamento e intimidade, de modo que os doentes falavam dele com carinho, como de uma noiva. Estendidos na cama, nós simplesmente esperávamos. A morte chegaria de branco, com lírios nas mãos e a promessa casta de um beijo...

Não sei se Nelson Rodrigues — pois é esse o nome do meu personagem — me notou, mas eu, desde o momento em que pus os olhos nele, não os consegui mais desviar. E entretanto, que tinha ele de especial? Um fulgor no olhar, um riso irônico no canto da boca, uma voz que vinha de tempos imemoriais? Era jovem e não falava muito, mas tinha o que se pode chamar de magnetismo — pelo menos para mim. E como falava apaixonadamente de Dostoiévski! Amava o escritor russo como eu, mas nunca chegamos a trocar uma palavra sobre isso. Nem mesmo me lembro se alguma vez dei-lhe um bom-dia. Sou um estranho no mundo; nem mesmo sei se vivi. Olho o espetáculo dos desejos e vaidades com simulada indiferença. Um dia, já quis "fazer parte"; hoje não mais. Enquanto os detentos esperavam cartas da família, eu os observava com tristeza e até rancor, porque eles tinham esperança. Mas quando chegavam as cartas da família de Nelson, sem saber por quê, eu me alegrava como se elas fossem dirigidas a mim, e eu tivesse todo um futuro aos meus pés.

Foi lá que pesquei fiapos de sua vida: um nome, uma sensação, uma forma de rir ao contar um episódio qualquer me bastavam. Com esses fragmentos, formei o meu personagem como se molda um Adão. Quem poderá dizer que o meu é menos ou mais verdadeiro que outros que todos os dias nascem e morrem, nas páginas dos livros e nas camas dos hospitais?

EM BUSCA DE EROS

1

Naquela noite, o pano sujo do céu pôde ver um rapaz magro, com a cabeça grande enfiada num terno puído, esgueirando-se pelo portão de uma casa na rua Visconde de Pirajá. Fechou o portão meticulosamente, quase com amor: se a mãe ou as irmãs notassem a sua saída, seria uma chuva de interrogações, uma saraivada de carinhos, um rosário de expectativas; e queria andar com o espírito livre, se é que se pode chamar de livre aquela porção de alma amassada e socada como massa de pão. "Pão francês", disse alto, sem perceber; e parecia saborear cada sílaba como se fossem pequenas cocadas. A fome deprimia-o; mas já havia algum tempo até isso deixara de incomodá-lo. Todos os dias, acompanhava em silêncio os movimentos de sua mãe; ela caminhava da sala até a cozinha, da cozinha até a sala, e sua voz era agora quase inaudível. Desde o brutal assassinato do filho Roberto, sua figura perdera a espessura, e parecia-se cada vez mais com um perfil que ora se inclinava para as filhas menores, ora se levantava encarando perplexa os homens da casa, que se agitavam em torno dela — Milton, de corpanzil frágil e olhos parados de espanto; Mário, as labaredas dos cabelos voando como gestos; e Joffre, o pequeno herói perdido no porão escuro. Era esse perfil ao mesmo tempo familiar e distante que lhe entrava pelos olhos mortiços e o atingia como um punho fechado.

Ia mascando um cigarro no canto da boca e olhava obstinadamente para algum ponto do asfalto, de modo que não percebeu, ou pelo menos assim aparentou, a algazarra de uns rapazes que apontavam para os remendos do seu sapato sem meias Alguma coisa parecia fermentar nele, mas não atingira ainda uma forma; era apenas uma massa indefinida e incômoda latejando-lhe atrás da nuca. Há dias o incomodava uma tosse seca e persistente e uma febre baixa não o largava. "Mas que calor, meu Deus! E esse terno deve estar cheirando mal. Ou por outra: fede." Realmente, como um terno que só tirava para dormir, embora com o vinco das calças sempre impecável, passado por sua irmã Irene, não teria morrinha? "E Eros Volúsia" — e aqui suspendeu a respiração procurando estrelas no céu, que não viu, o que julgou ser um mau pressentimento —, "Eros Volúsia vai perceber? Que mulher ama um homem que fede?"

Os sons do nome Eros Volúsia estremeceram seu coração: percebia agora, subitamente, que era esse nome ao mesmo tempo alado e voluptuoso que o alimentara nos últimos dias. "Sinto pêlos no vento", escrevera uma vez sua mãe, a poetisa Gilka Machado; e só uma mãe capaz de escrever esses versos podia marcar a filha com o nome de Eros Volúsia. Ainda por cima, era bailarina. Nelson Rodrigues estava a caminho talvez do maior acontecimento de sua vida: ia pedir a moça em casamento. Bastava-lhe que nessa noite Eros lhe desse uma migalha de sorriso ou de olhar para que se decidisse a procurar a mãe da moça. "Ela também gosta de mim, eu sinto", repetiu-se interiormente, ao mesmo tempo que a imagem das belas pernas da morena invadia incomodamente o campo da sua imaginação. Não, não eram apenas essas pernas que estavam em jogo, embora Nelson tivesse apenas 18 anos e nenhum tostão no bolso. Seria um amor eterno, eterno! E para que dinheiro, se tinham o amor? Só lamentava não poder salvá-la de nada — Eros era uma moça avançada, mas perfeitamente à vontade em sua família e em seu tempo. Ao coçar as costas, porém, e sentir o furo do paletó abrindo-se como uma boca escarninha, sentiu que algo soava falso. "Ela me dá bola", reforçou mentalmente em gíria, soltando um suspiro desanimado.

Sem dinheiro para a passagem de bonde, iria a pé até o centro da cidade. Não era a primeira vez; quantas vezes não voltava com Joffre do emprego no *Globo* caminhando para economizar os pobres caraminguás que comprariam pastéis para as irmãzinhas pequenas? A diferença era que dessa vez a noite já se fechara sobre ele. Não olhava as vitrines, pois já estavam escuras; não via os moleques jogarem bola com uma lata sob o sol de fim de tarde, ou as ondas do mar explodindo na areia como grandes bolas de algodão. O que via eram olhares, gestos, meneios de Eros Volúsia, e percebia, de forma difusa, a lenta e muda formação de pensamentos em tudo diferentes daqueles que costumava ter. Quando, quase duas horas depois, finalmente sentiu que os pés lhe doíam, olhou em volta e percebeu que estava no coração do centro da cidade.

Depois da esquina apareceria a fachada verde do estúdio de sua querida. Era como se estivesse em Paris: agitação cultural, dançarinas de Lautrec, mulheres poetas e independentes. Mas que fazer se sentia-se na Rússia do século XIX, um Raskólnikov cabeçudo, um apaixonado Dmítri Karamázov, um Dostoiévski nos trópicos? Corria em direção a Eros como o russo genial para as mesas de jogo; e não conseguia decidir se via na misteriosa Volúsia os orgulhos da sublime Aglaia ou os muxoxos da torturada Nastássia Filípovna.

Ao dobrar a esquina para entrar na rua São José, porém, interpôs-se entre ele e o prédio verde a figura de uma moça de olhos doces e baixos, que veio se aproximando com um sorriso pálido dançando nos lábios. Tentou escapar olhando fixamente as próprias mãos, como se procurasse a ponta solta de uma unha, mas já era tarde demais.

— Nelson? Não esperava te encontrar por aqui.

— Alice... — o nome escorreu-lhe dos lábios e deixou-se ficar estendido no chão.

— Mas como você está abatido! O que aconteceu? A tosse piorou? — E subitamente alarmada: — Para onde você vai?

— Eu... Estou só andando, precisava refrescar minhas idéias — e, irritado com a própria mentira, contra-atacou: — E você? Não é perigoso para uma moça de família andar sozinha a essas horas?

— Vim visitar uma tia doente, a tia Zezé, lembra? Já falei dela pra você. A coitada vive morre não morre, não tem marido nem filhos, e me adora. Fico com peninha dela. Você precisa ver a alegria dela com o bolo de laranja que eu trouxe!

Professora primária, Alice tinha a vaidade da própria generosidade, o orgulho de cumprir com correção os atos mais simples — dar um bolo de laranja a uma tia doente, fazer para os alunos um cartaz com letras grandes e coloridas —, e isso de certa forma comovia Nelson. Mas seria ela capaz de grandes atos? Capaz de perdoar, de dar tudo sem nada pedir em troca, de acompanhar um criminoso no cárcere em casto silêncio, sem uma reprimenda, apenas com seu olhar generoso e sofrido? Um olhar como o da doce Sônia Marmeladova, que, por amor dos irmãos famélicos, do pai bêbado, da altiva mãe, vendia seu corpo — e como ele demorara a perceber o que afligia a menina! E quando descobriu o que era o "livrinho amarelo", como chorara! E ainda assim ela se mantivera tão pura, tão simples, tão "cristã"... Sonhou então para si um amor como aquele. Imaginava-se na Sibéria, cercado de mujiques barbados, vivendo dia após dia na expectativa da aparição da menina adorada por todos os detentos. Mas, pensando bem, Alice não se parecia muito com Soniétchka: era robusta, adorava bolos de laranja, e sonhava ardorosamente casar-se com Nelson.

E aliás, por que ele mentira — ou por outra, omitira que iria encontrar-se com Eros Volúsia? Não lhe prometera nada, não lhe dera nenhuma esperança, e mesmo assim Alice o amava. E já tantas vezes ele a magoara, dando a entender, por exemplo, que ela tinha mau gosto ou que seu nariz era grande demais. Observou a menina. Não tinha o corpo torneado nem a boca pronta para o beijo; e na verdade, olhando para o seu rosto, já se pressentia o semblante da esposa, o peso da matrona, com as varizes saltando-lhe das pernas. Tão triste uma esposa prematura! Nelson sentiu uma onda de culpa roendo-lhe os ossos.

— Bom, já vou indo, não te acompanho porque estou com pressa, na verdade tenho um compromisso. Mas tome o dinheiro do bonde. — E deu a Alice o dinheiro que reservara para voltar para casa.

Deixou a moça ainda com uma palavra pendurada nos lábios, enquanto corria para o estúdio de Eros Volúsia e sentia o bafo quente dos corpos apinhados, e ouvia o ruído alegre das conversas e galanteios. Mas logo ao entrar, teve uma sensação curiosa: ao mesmo tempo que se sentia invisível, parecia-lhe que todos abriam caminho para que passasse. Ouvia o riso de Eros no fundo da sala, e era para lá que se dirigia como um sonâmbulo. Um foco de luz branca parecia se projetar sobre ele, e teve a súbita consciência da sua absurda situação: do paletó furado, dos sapatos sem meias, da sua cabeça de anão de Velázquez. Afinal, quem era ele para aspirar à mão da cobiçada Eros Volúsia? Um escritor sem romance, um jornalista sem vintém. Não esperou para ver o sublime gesto de Eros, nem para ouvir a voz argentina da moça que chamaria alegremente o nome do pobre mas promissor jornalista que era; retirou-se apressadamente, sem deixar vestígios.

2

Dulcinha, menina franzina, metida em um vestido gasto e grande demais, está de pé na cozinha assistindo ao preparo do seu café com leite. Deixaram-na dessa vez ficar um pouco perto do fogão, e ela saboreia a delícia de se sentir "uma delas", as mulheres adultas da casa, de salto alto e unhas compridas. Tomava todo o cuidado para não se mexer: poderiam perceber afinal que estava ali com elas e mandá-la esperar sentada na cadeirinha na sala. Ou então a mãe podia desatar a chorar mesmo sem ter se machucado. Isso era estranho, e tinha medo quando acontecia.

Sentia, com toda a força de seus quase três anos, que esse era um momento solene. A irmã mais velha e a mãe conversavam baixinho, mas conseguia pescar algumas palavras: "mudança", "empréstimo", "desgraçada", "insustentável". Palavras difíceis que tentava juntar mas que pareciam dançar à sua volta. Naquele dia mesmo, bem cedo, uns moços fortes tinham levado o piano. Por quê? O piano parecia tanto ser do irmão que tocava bonito... E no outro dia tinha sido o sofá. Será que um dia a levariam também? E cada vez que alguma coisa saía da casa, a mãe chorava, mas os irmãos a consolavam e pareciam tranqüilos. Então não devia haver perigo.

Sua barriga começou a roncar, um ronquinho que já conhecia bem e que parecia com o barulho da barriga da gata do vizinho, quando fazia carinho nela. Que delícia o cheiro do café com leite! Pegou o copo que lhe estendiam e começou a tomar bem devagar. As mulheres a olhavam sem vê-la, com suas conversas de gente grande. Dulcinha procurou com os olhos Irene, mas lembrou que ela devia estar deitada na cama. Um dia ela lhe tinha dito: "Queridinha, não posso fazer esforço." Não sabia o que queria dizer "esforço", mas devia ser alguma coisa muito ruim, porque o rosto de Irene tinha então uma expressão bem lamentável. Adorava pular em cima da cama da irmã, que logo a abraçava, e seu corpo era tão macio quanto os travesseiros.

Ouviu a porta da entrada batendo e um arrastar de pés.

— Nelson, finalmente! — dizia sua mãe, e até Irene se levantou e correu em direção à sala. — Estávamos muito preocupadas.

No corredor, ao lado da irmã, Dulcinha viu entrar o irmão calado que de vez em quando passava a mão distraída pelos seus cabelos. Eram tantos irmãos que entravam e saíam não se sabe para onde que não conseguia se lembrar de todos ao mesmo tempo. Tinha até um irmão que nunca vira, aquele que, diziam, pintara os quadros com os rostos assustadores. Instintivamente, não gostava muito desse irmão, pois quando a mãe falava nele ou passava as mãos tremendo sobre os quadros, ela sempre chorava. De Nelson gostava, principalmente porque ele às vezes lhe trazia pasteizinhos deliciosos da rua. Olhou para as mãos do irmão mas estavam vazias.

— Só estava dando uma volta...
— Mas você saiu ontem!

Só então Nelson se deu conta de que andara toda a madrugada praticamente sem destino. Tentou lembrar-se do que fizera nas últimas horas e algumas imagens desconexas apareceram-lhe na mente: uma prostituta rindo apoiada no ombro de um homem de barriga avantajada que fumava um charuto; dois mendigos dando pontapés num cachorro que gania baixinho; uma vela acesa na porta de uma igreja. Vira tudo isso no caminho para casa ou sonhara? Quantas horas vagara pela rua sentindo alguma coisa germinando em sua cabeça... ou seria no seu peito?

Agora lembrava: tinha parado num bar para tomar um guaraná e olhado por muito tempo o fundo do copo. Com o canto do olho, viu um bêbado que tentava obstinadamente tirar do copo uma mosca afogada. Soltou uma praga e decidiu descarregar sua raiva em Nelson: "O que foi, nunca viu um homem bêbado?" Nelson continuou olhando para o fundo do seu copo, mas o homem já se sentara ao seu lado. "É isso mesmo que sou, um bêbado, um verme", dizia com visível satisfação. "Envergonho minha mulher e meus filhos! E você, o que está fazendo aqui nesse buraco? Apesar do seu aspecto, você não parece ter sido sempre pobre. Acertei? O que aconteceu com você, garoto?" Nelson continuava mudo. "Eu também já fui alguém!", gritou o bêbado. Tinha olheiras fundas e suas mãos tremiam. "Já fui jovem, já tive dinheiro, já tive respeito. Você sabe o quanto vale a consideração dos outros? Não, você ainda é muito novo."

Mas Nelson sabia. Com a Revolução de 1930, sem os padrinhos que protegiam o jornal do seu pai, a família de um dia para outro caíra em desgraça, e logo agiam como se os Rodrigues tivessem lepra. O jornal fora empastelado, as pessoas mudavam de calçada quando os viam e recusavam-lhes emprego, a eles, filhos do gigante Mário Rodrigues. Pouco antes, seu irmão, que tinha a estampa de um artista de Hollywood, fora assassinado por uma mulher: Sylvia Seraphim, o anjo da morte que "lavara sua honra" com o sangue de um Rodrigues — o mais bonito, o mais talentoso dentre eles... O pai morrera logo em seguida, repetindo obsessivamente "essa bala era para mim" até o último suspiro.

"E por que você acha que eu bebo?", continuou o bêbado. "Tinha uma família perfeitamente feliz: uma mulher que acordava cedo para fazer meu café e dois filhos, um menino e uma menina adoráveis. No escritório, todos me cumprimentavam; eu era um funcionário médio, respeitado pelos contínuos e pelos chefes, e fazia parte de alguma coisa. E então... não sei como tudo começou. Ficava bebendo até altas horas, primeiro acompanhado, depois sozinho." Um riso sacudiu o corpo do homem como se ele fosse um boneco de molas. "A relação com minha mulher azedou. Primeiro ela achou que eu tinha amantes, depois passou a me olhar apenas com desprezo. Quando eu chegava do trabalho, já um pouco tocado, ela comentava como que casualmente que o vizinho era ótimo marido e pai. Depois, ao se deitar, pedia para que eu tentasse não fazer barulho para não acordar as crianças. Perdi meu emprego, e aqui estou, conversando com um garoto de sapato furado." Apontou para os pés de Nelson, sorrindo um pouco comicamente. "E tudo isso por quê? É o que não sei responder, e por isso bebo ainda mais."

A fome de Nelson

Nelson Rodrigues sentiu ao mesmo tempo ódio e pena daquele sujeito, que queria explicar o que não tinha explicação. Ele também tentava entender por que sua família tinha sido destruída, perguntava a si mesmo de quem fora a culpa, e procurava cegamente uma sombra de Deus na incompreensível tragédia.

Ainda de pé no batente da porta, Nelson olhou Dulcinha encolhida na entrada do corredor. "A harmonia universal não vale uma única das lágrimas de uma criança torturada", tinha dito uma vez Ivan Karamázov. E se tivesse de escolher entre Deus e a criança, ficaria com a criança. Nelson andou até Dulcinha e abraçou a magra menina. Tinha acabado de resolver que aquilo não poderia continuar assim.

3

A imagem refletida no espelho fitou-o desolada: era um rapaz com olhos de ancião, cabeça enorme e um esgar estranho na boca. Nelson pusera seu melhor terno, isto é, o que não usava todos os dias para trabalhar. Mesmo assim, o paletó parecia engolir-lhe os ombros, o que, se o fazia parecer um boneco num embrulho, lhe dava uma reconfortante sensação de estar protegido. Sim, pediria a mão de Eros Volúsia; e viu suas pernas morenas, seus olhos risonhos, suas piruetas rodando sobre a sua cabeça — ou seria a fome que o deixava assim tonto? Afinal, um dia se tornaria um escritor famoso; agora não era ninguém, ou melhor, era um Rodrigues, o que por si só já devia dizer alguma coisa, embora ultimamente tudo estivesse pelo avesso; mas em breve lançaria seu romance e todos se curvariam ao seu talento. E então ajudaria a mãe, daria lindas roupas para as irmãs, que poderiam se casar como mereciam. Irene, por exemplo. Deitada imóvel sobre o lençol bordado com pequenas flores azuis — relíquia dos bons tempos em que a voz tonitruante do pai enchia a sala e o cheiro de bolo aquecia as tardes modorrentas —, ela olha fixamente para os próprios pés. Nas unhas lascadas, o esmalte vermelho está descascando irremediavelmente. Estende a mão para o criado-mudo e se tranqüiliza: ainda existe um restinho de esmalte que poderia usar "numa emergência". Mas que emergência? Um baile de Cinderela, talvez? Fecha os olhos com fervor; se pensasse em alguma coisa com bastante força, talvez esquecesse a fome. Mas só consegue pensar em bolos, tortas e depois em um pernil suculento; chega a sentir-lhe o cheiro e ouvir o ruído de talheres se preparando para cortá-lo.

A fome de Nelson

O barulho dos talheres fica mais alto e estranhamente ganha ritmo, até cessar subitamente. Abrindo os olhos, percebe que eram os passos de Nelson, que estacara e olhava-a no limiar da porta, com expressão consternada.

— Vai sair, Nelson? Quer que passe mais alguma camisa?

— Não, Irene, só descanse, por favor. Se Deus é justo — "e se não fosse?", soprava-lhe uma vozinha interna escarninha —, se Deus é justo, as coisas vão melhorar.

Lá fora, o céu era o "crepúsculo de sangue" que um dia estampara numa redação escolar, quando sentira pela primeira vez a dilacerada alegria de uma metáfora. De repente, essa imagem lhe doeu quase fisicamente: e olhou as próprias mãos como se o sangue do crepúsculo pudesse escorrer delas. Mas em que estava pensando? Tinha muito o que fazer: primeiro, comprar flores, umas flores-do-campo, leves e virginais, mas também rosas, rosas rubras e violentas como a sua paixão. Ou seria melhor levar apenas margaridas? De qualquer forma, seria preciso ter a quantia necessária; e vasculhou os bolsos alarmado até encontrar as notas amarrotadas que guardara para quando tomasse "a decisão". Sabia que era uma decisão sem volta, e que só havia duas respostas possíveis: uma que o lançaria nas estrelas e outra que acabaria de abrir o abismo que pressentia sob seus pés. Apressou os próprios passos, já completamente esquecido das flores, como se o abismo já estivesse se abrindo e ele tivesse de fugir antes que fosse atingido — mais rápido, mais rápido; ofegava, e agarrou o estribo do bonde que passava como um náufrago se agarra a uma bóia lançada de um navio.

O navio era Eros Volúsia. Em pouco tempo, estava diante do estúdio da rua São José, que começava a encher-se com o burburinho do final de tarde. Sabia que poderia falar com Gilka Machado àquela hora; aproveitaria o momento em que a mãe zelosa acabava de arrumar a filha e sussurrava-lhe algo inaudível na orelha delicada, após o que invariavelmente a pequena Eros olhava com olhar confiante à sua volta, antes de levantar-se e ir receber o "seu público". Pediria então licença à menina, que se retiraria envergonhada. Gilka o fitaria com olhar interrogativo, mas ele explicaria tudo, e como eram almas irmãs, ela poeta, ele romancista, imediatamente se entenderiam. Ah, quantas vezes passara e repassara essas cenas para si mesmo! E no entanto, não estava tão seguro de que tudo ocorreria exatamente dessa forma.

No quarto, magnífica, Gilka penteia os cabelos negros da filha. Nelson Rodrigues batera à porta e tinham-lhe atirado um "entre", mas quando entrou sentiu-se ao mesmo tempo um ser invisível e préhistórico. Depois de alguns minutos que lhe pareceram horas, conseguiu balbuciar: "Dona Gilka..." E imediatamente notou o quanto sua voz era apagada e servil, em nada se parecendo com a voz de um pretendente sério à mão da linda Eros. Além disso, a poeta sempre dizia que não precisavam chamá-la de "dona", pois só era dona do próprio nariz. Para piorar, ela sequer o notara, e continuava alisando os cabelos da filha, enquanto ele não desgrudava os olhos dos fios negros, que o foram envolvendo, envolvendo, até que... "Dona Gilka!", chamou agora com energia, antes que afundasse na contemplação dos cabelos da amada e perdesse toda esperança. A mãe zelosa voltou a cabeça displicentemente: "Sim, Nelson, já nos falamos." Acaba o penteado, cochicha algo para a filha, que lança o olhar confiante para o quarto, Nelson incluído, e se retira com um leve aceno da cabeça. Não concedera a Nelson nenhuma atenção especial, mas ele viu nisso um sinal da discrição da moça e despejou:

— Dona Gilka, quer dizer, Gilka... Sei que não tenho muitas posses — e ficou irritado por ter empregado a palavra "posses", tão insuportavelmente protocolar —, enfim, não tenho condições de dar à sua filha tudo o que ela merece, e também não posso agora deixar minha família ao desabrigo... — novamente, tinha usado uma expressão de mau gosto, mas tomou fôlego e continuou: — O que quero dizer é que amo sua filha e quero me casar com ela! Não agora, claro, mas depois do meu romance... Dona Gilka! — e agora estava sinceramente entusiasmado — vou escrever um romance, algo no estilo de Dostoiévski ou de Eça ou de Machado, não que eu tenha o talento deles, veja bem; e então resenhas serão publicadas, e eu vou ter prestígio, e não virarão o rosto para os meus irmãos, e...

Aquele tímido estava irreconhecível.

— Calma, Nelson, fale mais devagar.

— Gilka, Gilka... A senhora.... Você sabe, somos irmãos na alma, eu, a senhora e sua filha. E modestamente acho que ela também me ama, ou se não ama, está prestes a amar... Não casaremos agora, mas uma palavra me basta. De qualquer forma, não vai demorar muito. E então, que me diz?

Uma ruga se instalara na testa da mulher e tornava-se mais profunda à medida que Nelson falava. Quando ele terminou, Gilka Machado estava sinceramente estupefata.

— Mas Nelson! Eros é muito jovem, não pensa em se casar. Primeiro a arte, a dança: ela tem tantos projetos! Quer viajar, conhecer o mundo, quer levar o Brasil à Europa, estudar ritmos e danças... Hoje a mulher não deve pensar só em casamento e filhos.

— Mas a vocação profunda da mulher...

— O amor materno? Também, Nelson, também. O mundo está mudando, e que beleza é isso! Talvez você não entenda, talvez nem eu entenda. O fato é que casamento agora está fora de questão. E também você tem só vinte anos! Aliás, não sou apenas eu quem decide. E ela só pensa na carreira. Mas não pense que é só você... Ela tem tantos pretendentes! — e aqui imprimiu um tom risonho e cúmplice à voz. — Afinal é uma moça leve como uma borboleta, jovem demais para sair carregando filho após filho no ventre.

Nelson ouvia tudo olhando os próprios sapatos. Intimamente, constatou que já sabia que não poderia ser outra a resposta de dona Gilka. Ele, um magro, um pé-rapado, casado com a inconcebivelmente linda Eros? E, como um ladrão de galinhas, retirou-se precipitadamente.

O estúdio fervilhava: a sala estava apinhada de gente e alguns rostos o olharam espantados. Foi então que os viu. Ao lado de Sylvia Seraphim, como um vilão de filme mudo, um homem com bochechas gordas e brancas se sacudia num riso obsceno. Já o tinha percebido da outra vez no salão, como quem lê uma nota de pé de página; mas agora era diferente. Agora sabia: era o amante de Sylvia, aquela mesma Sylvia que tão friamente, e até educadamente — e isto era precisamente o que não conseguia entender! —, matara Roberto porque não encontrara o pai. "Mário está?", "Não.", "Tem algum filho dele?", "Tem o Roberto.", "Serve." — a seqüência se repetia em sua cabeça numa obsessão atroz. Nunca esqueceria o gemido grosso do irmão, que lhe parecera inumano. Ela alegava que queria apenas defender sua honra; afinal, o jornal tinha publicado uma matéria insinuando que ela traíra o marido com o médico da família, que operara suas varizes. Reviu mentalmente a cena que tantas vezes imaginara: Sylvia lendo a reportagem, amarrotando as folhas tingidas de preto e depois coçando furiosamente as pernas ainda com ataduras. E agora via-a ao lado do amante, a cínica, e linda como uma virgem! Olhou para as pernas dela e notou que não traziam ataduras, mas umas meias pretas com ligas que contrastavam com a pele lisa e alva.

Tossindo e tropeçando nas pessoas e nas cadeiras, alcançou a rua. Voltava a sensação de que alguma coisa tomava forma em sua cabeça — ou seria no peito? —, um pensamento ganhando pernas ou uma nuvem tomando a forma de um animal: e agora era quase uma presença física dentro de si. E como a amplitude trouxesse novos ares, idéias começaram a borboletear em torno dele. Tudo parecia se encaixar: o riso argentino de Eros, as bochechas moles do homem no estúdio, o tiro de Sylvia, o grito do irmão, os braços inúteis do pai. Alguma coisa teria de ser feita. Uma pancada na cabeça, um tiro no peito, umas pílulas tomadas inadvertidamente e tudo estaria acabado. Seria a morte de um piolho, um simples piolho — e toda uma família seria salva. Ou talvez matasse os dois. Mas e quanto a Deus? Em verdade, o mundo não era justo, e Deus tardava em Sua justiça. Era preciso corrigi-Lo — e essa correção ao mesmo tempo fazia parte dos Seus desígnios. Devia estar angustiado, mas não estava. Ao contrário, sentia-se forte, livre de humilhações ancestrais. Parava sem motivo no meio da calçada, e chegou a rir distraidamente para uma pedra.

Mas um pequeno incômodo veio perturbar-lhe os devaneios. Por trás de uma árvore, percebeu que alguém o espreitava. Forçando a vista, viu os fios de uma barba negra e espessa e um olhar que relampejou um instante para logo desaparecer no ar abafado. Com efeito, sentia um calor incomensurável.

"Canalha", disse a voz. Nelson olhou bem para o rosto, que parecia flutuar acima da sua cabeça. Por que canalha? — era o que se perguntava. Afinal, não havia feito nada — não ainda. Iria talvez matar alguém — mas quem nunca pensou em cometer um homicídio? Sentiu antecipadamente a frieza do assassino diante do corpo estendido; tomaria as providências necessárias e só mais tarde, na solidão escura do quarto, um frio cortaria sua espinha. Estendido na cama, ficaria três dias sem comer, e a mãe e as irmãs entrariam no seu quarto preocupadas, interrogando-se mutuamente com olhares significativos; escreveria um artigo justificando os seus atos e talvez depois se matasse, deixando um bilhete enigmático mencionando algo sobre heroísmo e sacrifício.

E de repente, percebeu que não mataria ninguém, que era incapaz de matar uma simples joaninha. Só mataria se a morte fosse consentida, se a morte fosse por amor. Viu seu corpo morto enlaçado com o de Eros: o duplo suicídio os uniria para além da morte, como Romeu e Julieta. Tão bonito um casal morrer de amor! Mas Eros precisaria querer o mesmo que ele, e não estava bem certo disso. Invadiu-o toda a terrível volúpia de morrer ao lado de uma virgem chamada Eros. Foi quando o rosto de Alice apareceu na esquina.

— Nelson, o que aconteceu?

Quase sem forças, e para sua própria surpresa, Nelson largou:

— Fui recusado, Alice, recusado como se afasta um inseto com o canto do pé. — Sua tosse aumentava a olhos vistos.

— Você está tão pálido, pálido como... como...

— Pareço um doente, não é? Um moribundo. — Parecia sentir prazer em humilhar-se. — Cheiro mal. E o pior, sou um covarde!

Alice fitava-o com seus olhos amorosos de coruja.

— Mas você disse que foi recusado? Te despediram do jornal?

— Que jornal que nada! — Sentiu uma pena brusca da mulher que não era e nunca seria amada. — Vai embora, Alice. Você não pode me ajudar.

— Eu posso, Nelson, eu sei que posso.

— O que mais preciso te dizer? — Sua voz soava desagradavelmente metálica até para si mesmo. — Não quero você! Preciso ficar sozinho.

— Está certo, eu vou. Mas você sabe onde me encontrar se precisar.

Apoiou o corpo exausto num banco de praça e ficou olhando Alice se afastar. Tentou se lembrar da vingança, de Sylvia, de Eros, mas a cabeça estava vazia. Então a tosse recomeçou. Parecia nascer do seu estômago, das suas entranhas, como de uma caverna imemorial. Os brônquios reviravam-se como peças desencaixadas de algum brinquedo de montar, e o catarro subia-lhe em golfadas pela garganta. Enquanto tossia, sentia que em algum lugar no fundo da caverna havia um ponto de luz que estava prestes a atingir: teria apenas de tossir cada vez mais profundamente, até arrancar dali todos os detritos que o impediam de ver a luz. A cada momento a luz parecia estar mais próxima. De repente, sentiu um gosto molhado. Levou o lenço à boca e, quando o retirou, compreendeu tudo: estava tuberculoso.

*

...aqui me confundo, não sei mais quem é este, se ele ou outro, ou se fui eu, com minha febre de tuberculoso, em meu delírio de desenganado, que misturei tudo, pois o que ocorreu provavelmente foi algo inteiramente diverso, a tosse seca de Nelson simplesmente se repetiu até consultarem um médico, que pediu que ele repetisse 33, mas não disse que a melhor coisa a fazer era tocar um tango argentino; e era Dostoiévski que tinha ataques epiléticos precedidos de uma iluminação que o cegava, uma sensação aguda de prazer que se espraiava em doces e terríveis convulsões; além do quê, toda essa história de crime soa talvez um tanto forçada; a verdade é que, descoberta a tuberculose, Nelson foi mandado para uma casa de recuperação, onde conheceu homens esquálidos e fascinantes, "mortos sem morte" que viriam mais tarde povoar sua imaginação; foi lá que eu o conheci e, a meu modo, o amei.

A CASA DOS MORTOS

Em frente ao computador, os olhos irritados pela luminosidade da tela, tento me imaginar entrando na enfermaria do Sanatorinho pela primeira vez. Eu mesmo passei por essa sensação, eu mesmo já fui ofuscado por aquela brancura de sonho; mas eu não era Nelson Rodrigues, não amara Eros Volúsia, nem pensei uma vez vingar o sangue da minha família. Quando cheguei no Sanatorinho, ninguém me esperava aqui fora, ninguém torcia as mãos por mim. Eu alugava um quarto escuro numa casa de cômodos na Lapa, e minhas únicas relações eram uma vizinha de porta que dividia seu aposento com oito gatos e uma mulher de má fama, que eu freqüentava uma vez por mês e a quem pagava sem dizer uma palavra. Foi essa mulher gasta que presenciou os meus primeiros acessos de tosse e viu, na manga da camisa que eu usara para limpar a boca, a primeira borra de sangue. Pisco os olhos, que estão secos, e estendo a mão para o cinzeiro. O que antes era um cigarro transformou-se em cinzas, que no entanto conservam ainda o formato de canudo. Acendo outro. Amanhã é dia de faxineira, e o quarto-e-sala em Copacabana onde moro está intransitável. A roupa suja jaz enrolada em cantos estratégicos da casa, e os pratos e copos, com restos de congelados e vestígios de leite com Nescau, amontoam-se na pia. Dona Regina me suporta e eu a tolero — suas unhas rentes, quase no sabugo, sua solteirice crônica, seus suores abundantes ("calor, calor", costuma bufar com seu sotaque nortista, enquanto abana o pescoço com a mão gorda e pequena) — tudo nela me irrita. Mal conversamos, mas freqüentemente ela se põe a falar sozinha da sua juventude, da sua terra, onde tudo era mais limpo e mais nobre, onde não havia essas moças desavergonhadas do Rio de Janeiro, nem esses vagabundos e malandros. Não sei por que continua comigo; talvez conseguir um emprego esteja mesmo difícil. Um dia encontrei embaixo do colchão do quarto de empregada uma revista de fotonovela na qual a secretária e o patrão terminavam atracados numa nudez triste, em posições acrobáticas que lembravam mais uma aula de anatomia do que uma cena erótica. Confesso que fiquei excitado, mais pelos insuspeitados desejos de dona Regina do que pela revista. Agora, quando cruzo com ela enquanto varre a casa ou murmura algo sobre os camelôs que tomaram conta das ruas, tento encontrar os restos do seu ardor de fêmea em olhares e gestos, mas não consigo achar nada.

Há dias não saio de casa. Para escrever meu livro, deixei de almoçar a comida a quilo do restaurante da esquina. Sou funcionário público aposentado da Universidade, e agora tenho os dias inteiros só meus. Não preciso agradar os superiores ou simular uma extroversão que não tenho. Pouco me importa o dinheiro. Economizei o bastante nos anos em que trabalhava em silêncio, voltava para casa mastigando um pão francês fresco e me trancava no quarto com livros de Dostoiévski, Machado de Assis ou Nelson Rodrigues. Tenho uma televisão, mas não vejo muita coisa. Gosto sobretudo dos programas que alguns bem-pensantes execram, porque me agrada ver, pelo menos na telinha, a cara do nosso povo: uma cara bizarra, ao mesmo tempo compassiva e sádica, doce e obscena. Leio os jornais até o cabo, detendo-me especialmente nas cartas dos leitores — em geral leitoras — sobre suas novelas favoritas: "Adoro a novela tal, mas Fulana deve terminar com Beltrano, eles têm mais química" ou "Gostaria de corresponder-me com X, para onde devo enviar minhas cartas?" A ingenuidade ainda me comove, tenho que confessar. A verdade é que estou velho.

Volto à casa dos mortos. Por quanto tempo estive nessa casa? E há quanto tempo estou nela? Ela está em mim como o meu coração, as minhas veias, a minha respiração. E então, ela reaparece...

1

Uma sala ampla, de brancura quase inverossímil e cheirando a naftalina, foi a primeira impressão que Nelson teve do Sanatorinho. Sua cama ossuda ficava na extremidade norte da sala, ao lado da janela, através da qual podia ver os silenciosos eucaliptos coroados pela neblina. Depois do ataque de tosse que revelou de uma vez por todas sua tuberculose, percorreu o caminho até a sua casa com um sentimento agudo de fatalidade. As providências foram rápidas. Sentia como se tivesse sido duplamente atropelado; primeiro pela doença, depois pelos acontecimentos que se seguiram à sua descoberta: a decisão de que tinha de se internar; a aflição com a falta de dinheiro, quando as mulheres da casa torciam as mãos e os homens andavam de um lado para o outro; o pedido de Mário ao patrão para que não lhe cortasse o salário durante o período da internação e o pronto atendimento ao pedido, com todo o peso daquela mão firme e magnânima; a opção de se internar gratuitamente no Sanatório de Campos do Jordão; ele mesmo caminhando em direção ao trem como quem vai ser degolado, a viagem convulsionada pela tosse e as olhadelas fortuitas que lançava ao próprio lenço — pois disfarçava para si mesmo que não estava à morte, mas ao mesmo tempo tinha certeza de que não teria mais do que alguns minutos de vida, e logo via-se no seu próprio velório, com algodão nas narinas, e Eros Volúsia perdida de desespero amparada nos braços fartos da mãe, que nunca se perdoaria a injustiça cometida. Enfim, foi depositado em cima de uma cama igual a inúmeras outras enfileiradas como soldados obedientes. No início, praticamente não viu os homens que jaziam em cima delas — e aliás, houve um silêncio incomum quando ele entrou, e só depois soube que era sempre assim que ocorria quando chegava um novo "hóspede". Na ocasião, ele não percebeu esse silêncio, e pensou que assim era todos os dias, um após outro imersos numa ausência mortal. Mas depois de alguns bons minutos, durante os quais ele contemplou desolado a brancura asséptica da sala, entregando-se às mãos gordas e duras de um enfermeiro mudo, sentiu que vários corpos se remexiam inquietos sobre os lençóis. Por fim, uma das camas pareceu pigarrear. Sem conseguir mais se conter, uma cabeça magra e desafiadora se levantou: "E então, que tal o novo lar?"

Risinhos estalaram aqui e ali: era como se as comportas tivessem sido abertas. Todos começaram a falar ao mesmo tempo. Nelson a princípio os olhou espantado, mas em pouco tempo se acostumou. Não se diz que a gente se acostuma com tudo? Logo descobriu que a vaga que lhe tinham conseguido era de indigente, o que significava que teria de fazer alguns serviços como varrer o chão, trocar lençóis e servir à mesa. Embora pobre, Nelson não se via fazendo esses serviços e preferia pagar do seu minguado salário a se ver tendo de atender às ordens dos outros doentes. Luciano, um rapaz franzino e desconfiado, estava nesse caso; e quando soube que Nelson tinha recusado a segunda vaga de indigente, dedicou-lhe um ódio visceral. Na verdade, o pobre homem ansiava pelo momento de ter um amigo para dividir com ele as alegrias e humilhações; comeriam do mesmo pão, ririam dos mesmos doentes e até sonhariam o mesmo sonho. Mas Nelson o traíra, relançando-o ao abismo da solidão. Todos os dias, ao fazer a cama do ex-companheiro, Luciano esbarrava como que casualmente no seu braço, mas com uma força surpreendente para a sua compleição física. Nelson fingia não perceber, o que o enfurecia ainda mais.

Os dias se passavam e ele sentia o peso dos olhares daqueles rostos lívidos e amargurados — provavelmente, em poucas semanas estaria como eles —, mas havia também uma outra coisa, algum vago rancor que não conseguia entender. Mantinha-se calado e algo soturno; fingia não se importar com o que os outros pensavam ou diziam e simplesmente pregava os olhos na paisagem, mostrando-se alheio a tudo. Mas ouvia cada palavra proferida pelos doentes, e não se perdoaria se perdesse alguma história daquelas que eram contadas nostalgicamente a cada tarde. Aliás, era no finzinho da tarde que começava a "orquestra", como a chamava Aurélio, um rapaz de olhos esbugalhados: a febre coletiva instalava-se, e começavam as tosses, umas mais graves, como tubas ou violoncelos, outras mais estridentes, como flautas e oboés; e todas acabavam por entrelaçar-se numa barafunda que seguia até a madrugada.

No Sanatorinho cumpria-se uma rotina inflexível, e era essa rotina que dava aos doentes algum sentimento de segurança: café das 7:00 às 9:00; almoço às 11:30; repouso às 15:00; jantar, 18:00; e silêncio às 21:00. É claro que isso não queria dizer que todos dormissem a essa hora — ao contrário, era comum ficarem conversando até altas horas da noite. Todos os dias havia feijão — "para ficar forte", diziam os enfermeiros, como se estivessem falando com crianças que se recusassem a raspar o prato. O feijão do almoço virava sopa à noite e no dia seguinte já era um estranhíssimo doce de feijão.

O cuidado diário ficava a cargo de enfermeiros que ou se pareciam estranhamente com os doentes — de forma que se algum destes vestisse roupa branca facilmente passaria por enfermeiro — ou eram figuras meio assustadoras, de carnes abundantes e ventas largas. Costumavam aparecer em horários regulares, com uma colherinha na mão ou uma toalha jogada por sobre o ombro, e apontar para a vítima com um gesto indiferente. A hora do banho era uma das mais temidas pelos doentes, especialmente os mais fracos. O pobre-diabo tinha de se despir às pressas para ser jogado e esfregado no chuveiro frio sem dó nem piedade. Ao voltar para a enfermaria, humilhado, era atingido pelo vento frio que soprava das janelas abertas e invariavelmente tossia bem alto, lançando um olhar acusador para o seu algoz, que respondia, com olhos zombeteiros: "Os banhos frios fortalecem o sangue." E de fato, qualquer um se sentia melhor depois de se entregar ao purgatório dos banhos.

Nelson passava as tardes contemplando as borboletas que voejavam por cima dos pinheiros, fingindo não ouvir as conversas dos internos. Eis a verdade: ressentia-se por mal lhe dirigirem a palavra. Sentia-se excluído, como se não fosse um deles, como se não tivesse direito a uma cama com lençóis limpos e a uma piedade infinita. Uma semana depois da internação de Nelson, porém, Toríbio, um homenzinho de cabeça chata, aproximou-se com ar de representante de turma e, tocando o seu cotovelo, fez-lhe a surpreendente pergunta:

— O que você tem contra nós?

Olhou em volta.

— Eu?

— É, você mesmo. Nunca fala nada, não participa, mal nos olha. Enfim, evita-nos. Somos tuberculosos, e não leprosos! Ninguém aqui quer amizade, mas respeito, ouviu? Respeito!

Alguns olharam com ar de aprovação. Um dos doentes bebia as palavras de Toríbio como se estivesse no deserto.

— Mas o que é isso? Eu também estou tuberculoso! Só não falo porque, porque... não sei. Um belo dia estava na minha casa e planejava me casar com uma dançarina encantadora; e no outro estou no hospital, meio moribundo. Tenho quase vinte anos, e talvez fosse melhor morrer como Álvares de Azevedo. Mas o pior é que não poderia deixar uma obra, nem mesmo um escasso poema.

Nesse momento, um dos doentes, que chamava atenção pela expressão compassiva e pela beleza, apesar das faces meio encovadas, perguntou:

— Você é poeta?

— Jornalista.

— E trabalha?

— Não mais, como se vê.

Todos riram.

— Você sabe o que quero dizer. Trabalhava onde?

— Para o doutor Roberto Marinho, do *Globo* Ele me deu uma licença remunerada.

Todos pareciam aliviados. Afinal, era um deles. Passaram a sorrir-lhe, até excessivamente. Muitos o procuravam se tinham alguma dúvida de português — muitos escreviam cartas intermináveis a suas amadas e familiares — ou se queriam algum conselho. De alguma forma, era prestigiado, talvez porque o considerassem um "intelectual", talvez porque ouvisse tudo com interesse mas sem espanto. Com voz cavernosa, largava às vezes apenas uma frase, ou mesmo uma única palavra, e o interlocutor se retirava satisfeitíssimo.

O rapaz que se interessara por sua suposta condição de poeta, João Miguel, tornou-se quase um amigo de infância. Ele e Nelson se pareciam como duas faces de uma mesma moeda — o que significava também que eram diferentes como cara e coroa. Nelson se interessava pelos fatos mais prosaicos da vida dele, desde o que fazia quando não estavam juntos até os seus pensamentos mais recônditos. João Miguel, por sua vez, estava acostumado a deixar-se amar, e o que poderia ser sufocante para alguns para ele parecia natural. Havia nele, porém, algo que Nelson não conseguia entender, um núcleo duro que não conseguia atingir.

Só três internos pareciam não gostar de Nelson: um era Luciano, o da primeira vaga de indigente; o segundo era Carlos Roberto ou, por extenso, o "seu" Carlos Roberto, uma espécie de Rockefeller do Sanatorinho, que desfrutava de grande respeito entre os doentes — ou seria temor? De qualquer forma, todos lhe deviam alguma soma em dinheiro, que anotava escrupulosamente num caderninho preto e ensebado. Nelson ainda não lhe devia nada, o que o colocava num patamar desconhecido. Com toda a arrogância que pode haver na piedade, Carlos Roberto perdoava as dívidas de muitos; e aqueles que lhe pagavam em dia recebiam menos afagos que os endividados crônicos, que o seguiam com olhos de cão fiel. Por fim, havia Onofre, ou dr. Onofre, um senhor de meia-idade com ares de poeta parnasiano que de vez em quando balançava a cabeça, como a dizer que o mundo estava perdido. "Um mundo que não tem mais poesia!", costumava bradar. Às vezes ele e Nelson engatilhavam uma espécie de discussão surda, quando um fazia afirmações que contradiziam absolutamente o outro, mas para um terceiro, como se não estivessem dialogando — e nesse momento pareciam-se curiosamente a marido e mulher brigados que se comunicam pelos filhos: "diga a seu pai que a comida está na mesa", "diga a sua mãe que não estou com fome" etc. etc. Se dr. Onofre dizia que não podia haver amor onde houvesse traição, Nelson comentava casualmente e até candidamente que a pior coisa era a virtude ressentida. Se afirmava, porém, que a monotonia da convivência acaba com qualquer ilusão da eternidade do amor, Nelson, voltado sonhadoramente para a sua janela e suas borboletas, respondia que todo amor é eterno, e se acaba, não era amor.

Mas quem não tem seus desafetos? Nelson sempre achara que o inimigo é mais fiel do que o amigo, e por isso cultivava o primeiro tanto quanto o segundo. Os amigos que tinha lhe bastavam: João Miguel, com quem tinha longas conversas sobre tudo o que se possa imaginar, do amor à política e à literatura; Alberto, um rapaz franzino mas dado a grandes arroubos; e um dos enfermeiros, José Cândido, com quem adorava falar sobre futebol. "Sou um grande *center half*", costumava dizer, erguendo bem a cabeça, como se não admitisse contestação.

E havia também uma mulher. Não na enfermaria, pois as mulheres não freqüentavam aquele alojamento, até porque os pobres moribundos cairiam por cima delas como um castelo de cartas; mas sem dúvida aquele roçar de saias, aquele perfume suave, aquela voz que se ouvia de vez em quando ao longe, como se fosse uma recordação, eram de uma fêmea. Todos estavam secretamente apaixonados por ela; não se sabia se era uma cozinheira, uma moradora da região que passava casualmente por ali, ou a mulher de um dos enfermeiros trazendo uma cesta com guloseimas para o marido. A qualquer indício da sua presença fazia-se o silêncio mais absoluto; não se ouvia sequer o respirar dos doentes, e até as tosses mais terríveis faziam uma trégua. Quando os sinais da presença da mulher desapareciam, os internos voltavam a si sem fazer qualquer comentário, como se evitassem macular aquela imagem sublime.

Assim se arrastavam os dias, consumidos em sonhos, delírios, ataques de tosse e intermináveis relatos — com os quais os doentes procuravam recuperar e entender algo daquilo que tinham perdido.

2

Enfim, chegaram as cartas! Que alento, que luz nítida tornando subitamente todos aqueles rostos algo irreal, como se de repente a mulher amada, com seus cabelos perfumados, o despertasse de um sono ruim.

Todos os dias, esperava cartas que lhe trariam notícias dos vivos, do bulício humano que continuava seu curso enquanto os doentes se agitavam inutilmente nos catres; toda semana recebia-as, e a cada vez o sentimento era o mesmo. Cartas das irmãs, dos irmãos e de Alice — nunca de Eros Volúsia. O correio era aguardado ansiosamente por todos aqueles homens esquálidos, que, sem receberem uma única linha em dez anos — se chegavam a durar tanto —, continuavam com a mesma expressão no rosto, que lembrava a de um menino no Natal. Quando o carteiro invariavelmente anunciava cartas apenas para Nelson, sentia os olhares que se fincavam nele, as agulhas da curiosidade malsã que lhe dirigiam, mas então nada mais importava.

— Minha mulher também no início me escrevia — repisava Alberto. — Eu ficava assim mesmo, bobo. O que chamam de verdadeiro amor não espera mais que o tempo de arrumar a casa e decidir o que fazer com as roupas do "morto". — Com amarga nostalgia, aquele rapaz prematuramente envelhecido parecia ter a amada diante de si. — Era pequena, suave, tudo nela era macio... Beijava meus olhos como se fosse minha mãe, e quando parti chorou tanto que não se conseguia ver o seu rosto. E por que não escreve? Ela sabe que não tenho praticamente ninguém. Mando cartas e mais cartas, penso em alguma tragédia, até que um dia recebo uma carta de uma tia distante, que se dignou a me responder quando mencionei certa soma que talvez pertencesse a ela — "Esqueça-a." Só isso. Toda uma vida, para me taparem a boca com um "Esqueça-a". E depois vinham várias linhas sobre o suposto dinheiro de minha tia. Por isso rasguei a carta e uso essa frase como uma divisa. — De fato, sobre a cama, via-se um papel amarelado pregado com durex com as palavras fatais.

Agora era Aurélio que se adiantava e, postando-se diante da porta, para que todos os olhares o alcançassem, começou:

— Minha doença me revelou a minha mulher, e aliás me revelou a mim mesmo. Nunca fui de desconfianças, e sempre enchi Silvana de mimos, sem fazer uma crítica, um reparo, um senão. Quando as tosses começaram, o rosto dela assumiu uma expressão preocupada. Vivia torcendo um lencinho bordado nas mãos e estendendo-o para minhas mãos trêmulas. Tornou-se de forma geral mais atenciosa com tudo e com todos. Recebia as visitas com esmero e quase devoção: comprava flores, arrumava mil vezes os bibelôs sobre o aparador. Um dia, percebi um olhar diferente dela para um amigo meu, que nos visitava todas as segundas-feiras. Logo notei que nesses dias ela se arrumava de forma especial, sempre com um novo detalhe, como uma presilha nova ou uma sandália mais delicada. Seriam ciúmes de tuberculoso? — era o que me perguntava. Passei a responder com um resmungo às perguntas que me fazia, e ela deixou de me olhar diretamente nos olhos, como costumava fazer, com seu rosto erguido e seu riso franco de outrora. Mas quando meu amigo chegava — e suas visitas eram cada vez mais freqüentes — ela se desdobrava em sorrisos. Você sabe que a cara do marido pode influir no adultério; quanto mais uma tosse seca e insistente. Eu espionava-a quando ela pensava estar sozinha, e mais de uma vez a peguei cantando baixinho. Silvana saía todo fim de tarde, esquivando-se de mim. Meus amigos freqüentavam então pouco a nossa casa; tenho certeza de que ela saía para encontrá-los em outros lugares — sabe-se lá em que antros. Via cenas horríveis: de boca vermelha e retorcida, ela me traía com meu irmão, meus amigos, e até com um padre que conhecíamos. Eu estava magro, mas os braços e as pernas dela tinham se tornado diáfanos, quase transparentes. Finalmente mal nos olhávamos; e quando tive de partir nos demos um vago adeus. O mais incrível de tudo é que eu, mesmo sem falar com ela, mesmo fingindo ignorá-la da maneira mais abjeta, a perdoava, desde o início, e ainda hoje a perdôo.

— Isso de perdão é para os otários, se me permite a expressão — diz Toríbio. — A mulher despreza quem perdoa, e idolatra os canalhas. Veja o caso do meu cunhado, por exemplo. Sempre foi apaixonado por Glória, minha irmã, e no entanto sempre escondeu isso. Saía à noite às escondidas e armava mentiras óbvias quando retornava na manhã seguinte, de modo que ela acreditava piamente que Joel a traía, enquanto ele aguardava a madrugada chegar num boteco, diante de um copo de guaraná. A parentada murmurava pelos cantos que ele não era homem pra ela — "Uma santa!", diziam. Mas Glorinha, com a inconfundível expressão da mulher bem-amada, o defendia. E no entanto o marido a acusava pelas mínimas coisas: por um olhar diferente que lançava ao vendedor do armazém ou por uma saída um pouco mais prolongada. Fazia escândalos por nada. Só eu sabia do segredo de Joel, pois uma vez o surpreendi sozinho no bar em que costumava jogar sinuca. Ele me implorou para não dizer a ninguém. Quando morreu, Glória se fechou num luto que dura até hoje. Eu nunca tive coragem de contar nada.

Ao que Medeiros, erguendo o rosto de forma desafiadora, retruca:

— Minha Lelinha é que era uma santa! Dou graças a Deus porque ela não viu isto aqui. — E, levantando bruscamente a camisa, mostrou a cicatriz, da qual tinha um orgulho atroz. — Era gorda e tinha papada, e por isso eu a amava! Como teria coragem de ficar nu diante daquele corpo tremendo, daqueles seios fartos, que pareciam gelatina? — A saudade carnal o fazia fechar os olhos e balançar o corpo suavemente. — E que gentileza de modos, quando, depois do trabalho, me preparava o jantar! É certo que comia mais do que eu; mais de uma vez, porém, me reservava o pedaço mais tenro da carne, ela que tinha tanto apetite!

Os internos se cutucavam, rindo do que já se tornara objeto de chacota entre eles. Realmente, era fácil endeusar uma falecida, que não torturaria o marido moribundo com a ausência de cartas ou a traição inevitável.

Responde outro:

— Pois a minha mulher é e sempre foi uma pequena megera. — Era mais velho, mas o olhar faiscava como se tivesse vinte anos. — Se eu chegava cedo em casa, dizia: "Ué, já chegou? Não tinha mais nada que você pudesse fazer no escritório?" Eu sabia que com isso ela queria dizer que não confiavam na minha competência, que eu era um inútil. Então eu enrolava na firma e chegava tarde, mas ela insinuava: "Hoje resolveram te prender na sua sala? Você não conseguiu terminar o que tinha pra fazer?" Daí eu passava a chegar escrupulosamente na hora, e ela resmungava algo sobre rotina e monotonia. Era bonita e vaidosa, sonhava com uma vida social gloriosa e por isso nunca quis ter filhos. Recusava-se categoricamente nos dias em que podia engravidar. Mesmo assim, tivemos dois filhos. Grávida, ela se arrastava pela casa como se fosse uma aleijada. Apesar de tudo, os anos não lhe tiraram o viço do corpo ou as chispas do olhar. Quando vieram as tosses, ela franzia a testa como se eu a incomodasse estupidamente. Eu tentava abafar o som que saía da minha garganta enquanto ela lavava a louça do jantar apertando de vez em quando as próprias têmporas. A todas as perguntas dos filhos respondia: "Perguntem a seu pai", como se eu fosse culpado de tudo. E que pensam que eu fazia? Não entrei para o concurso de vítimas. Resolvi ser heróico; e aqui estou. Há anos não recebo uma carta. — E concluiu: — O tuberculoso é aquele que teima em viver depois de ter morrido.

Essa imagem espectral ficou gravada na mente de Nelson, que naquele dia de tempos em tempos se beliscou secretamente, para sentir que estava vivo. "Vida é dor" — era o que concluía dos seus beliscões.

Mas poderia chamar aquilo de vida? Via-se agora reduzido a um corpo em fase de engorda, como um boi no matadouro. Passava dias sem fazer nada e sem ter contato com ninguém do "mundo real", boiando naquela espécie de universo fantástico e desolado dos convalescentes. De repente lembrou que ainda não abrira as cartas que recebera. Tinha-as guardado embaixo do colchão para ouvir os relatos trêmulos dos companheiros da enfermaria, e aliás preferia lê-las a sós, para evitar os rostos sedentos de desgraças postais. Eram duas: uma de Helena e outra de Alice. Com um enfado misturado a vaidade, deixou de lado a da professorinha e abriu primeiro a carta da irmã. Mas a verdade é que estava tão ansioso para ler a carta da moça apaixonada que não conseguia se concentrar nas palavras de Helena: "mamãe", "difícil", "emprego no jornal", "melhorando", saltavam elas diante dos seus olhos. Abandonou a carta da irmã em cima da cama e rasgou o envelope da carta de Alice como quem rasga as roupas da mulher desejada. E o que leu foram os deliciosos nadas que constituem o sempiterno discurso do amor. Era o que esperava — e era do que precisava. Apaziguado, fechou os olhos e saboreou em silêncio a certeza de que em algum lugar havia uma fêmea que o amava e que lhe era fiel.

3

Procurou os cigarros nos bolsos, embaixo do colchão, dentro da fronha do travesseiro, depois novamente embaixo do colchão. A seu lado, João Miguel segue-o na procura com doce solicitude: "Quer que te ajude? Mas deve estar aqui, eu mesmo vi quando você guardou..." Havia uma ética em relação a cigarros no Sanatorinho: não se furtavam cigarros de um colega; podia-se tomar "emprestado" um chinelo, um radinho de pilha, mas cigarros eram intocáveis. Pensou em pedir algum emprestado ao "seu" Carlos Roberto, mas logo afugentou a idéia com repugnância. Depois do almoço, quando os internos soltavam suas baforadas furiosamente, Nelson já acertara com Aurélio, o coordenador dos negócios no Sanatorinho, a troca de cigarros por uma camisa branca, enquanto não chegasse a ração salarial que pingava todo mês. Mas tão logo teve os cigarros consigo, eles voltaram a evaporar-se não se sabe como. A cena se repetiu, com procura debaixo do colchão, cara consternada de João, inclusive com risos contidos mas pouco respeitosos dos outros, até que teve uma idéia engenhosa: marcar os cigarros com a ponta da caneta, que aliás vinha usando cada vez com maior freqüência em guardanapos meio sujos, registrando traços dos internos que lhe chamavam atenção — por exemplo, "olhos saltados e gogó estúpido", ou "olhar convulsivo de contínuo"—, com o que se sentia provisoriamente apaziguado dos insultos silenciosos que vinha sofrendo desde que chegara. Foi o que fez; e para dar um sabor romântico à sua idéia, desenhou também um minúsculo coração com as iniciais E.V.

Por razões óbvias, desconfiava de Luciano. Sua segunda opção era o Cacá, um falastrão com jeito de bom malandro que fumava desbragadamente.

À tarde, apurou a vista. Enquanto os relatos se sucediam, passeou como quem não quer nada entre os doentes, mas por mais que fizesse não conseguia achar os cigarros. Finalmente, já de volta ao seu posto na cama, bateu os olhos no cigarro do João Miguel: lá estavam as iniciais E.V. dentro do coraçãozinho! Por um momento, ao cruzar o olhar com o do amigo, achou que ele tivesse percebido o seu estremecimento; mas não, olhando melhor ele parecia fumar tranqüilamente, sem qualquer vestígio de culpa. Nelson resolveu se calar: devia haver alguma explicação — alguém poderia por exemplo ter furtado seus cigarros e os vendido ao João. Decidiu sondá-lo:

— Como você conseguiu esse cigarro?

— Foi meu pai que me mandou. Você quer um?

Quis dizer alguma coisa, mas desistiu. Conhecia João Miguel: seus olhos se encheriam de lágrimas que não sairiam e ele se afastaria cheio de orgulho ao menor indício de desconfiança. E no entanto, o que acontecera? Com certeza ele estava fumando um dos seus Eros Volúsia. Ou seria alguma alucinação?

Resolveu "estudar" o amigo, por assim dizer. Por outro lado, estavam cada vez mais próximos. Quantos favores João se prontificava a fazer, e com que atenção ouvia suas confidências! Comovidos e cúmplices, passavam dias falando de amor e sacrifício, fidelidade e perdão. Riam de tudo e por tudo; gostavam de comentar as manias dos doentes e de imitar seus tiques. Alguns se referiam a eles como "os gêmeos", não sem uma ponta de inveja.

Um dia João lhe pediu dinheiro e prometeu devolver na semana seguinte, quando receberia uma remessa da mãe — pois era de família relativamente abastada. Um mês se passou e nenhuma palavra sobre o pagamento do empréstimo. Em compensação, o amigo desdobrava-se em atenções, e chegou a presentear Nelson com deliciosas balas de morango.

O pior é que Nelson precisava do dinheiro: sua família continuava a passar por dificuldades e ele planejava dar alguma roupa de presente no aniversário da sua mãe. Ensaiava falar com o amigo, mas sua cara de lorde alheio a questiúnculas financeiras o intimidava. Por essa época, tinha quase todos os dias o mesmo sonho: o dr. Roberto dizia que não mais toleraria sustentá-lo no Sanatorinho a troco de nada. Furioso, Nelson pegava o revólver do pai, ia até a redação de *O Globo*, pedia para falar com o dr. Roberto — e se ele não estivesse, mataria o diretor de redação. Acordava tremendo antes do tiro e, banhado em suor, lembrava-se imediatamente do dinheiro que João Miguel lhe devia. Mas então pensava no seu sorriso aberto e desculpava o que considerava um desleixo próprio dos bem-nascidos. Chegava a ter vergonha de lhe cobrar soma tão insignificante.

Até que, inexplicavelmente, sumiu a maior preciosidade de Nelson. Seu irmão Mário tinha enviado ao Sanatorinho uma camisa do Fluminense que ganhara de um jogador, em sinal de agradecimento e admiração. Isso foi na época em que o jogador de futebol era um pobre-diabo sem dentadura. Nelson enamorou-se imediatamente da camisa. Usou-a por três dias seguidos e, no quarto dia, como os enfermeiros insistissem que era impossível continuar com ela sem ofender as narinas dos outros, Nelson enfiou-a num saco plástico e chamou José Cândido:

— Zé, preciso de alguém da mais absoluta confiança, e acho que você pode me ajudar.

— Mas o que você quer?

— É uma camisa que ganhei, uma camisa do Fluminense. Preciso de uma mulher, entende?

— Uma mulher? Mas nas suas condições, você sabe, não fazemos isso...

— Não, não é nada disso. Preciso de uma lavadeira, assim, profissional. A camisa está um pouco gasta e não pode sofrer nenhum dano.

José Cândido prometeu que levaria a camisa para ser lavada por sua própria irmã. Em uma semana ela estava lavada, passada e dobrada num lugar de honra, na prateleira mais alta do armário de Nelson. Chegara a comprar um cadeado para garantir a sua segurança; só abria o armário para exibir a camisa para os amigos mais próximos. E, no entanto, um belo dia ela sumiu. Nelson procurou em toda parte, mas nada da camisa. Quem seria capaz de roubá-la?

Desesperado, pediu para que João Miguel intercedesse em seu favor junto a Luciano, que conhecia como a palma da mão cada buraco do Sanatorinho: "Claro, claro", respondeu o amigo, distraído. Mas a

A fome de Nelson

cada vez que Nelson, com um tremor na voz, falava na camisa, João apressava-se a mudar de assunto. Nelson pensou no episódio mal explicado dos cigarros e num segundo decidiu tudo: tinha de se afastar. Perdoava tudo, menos a camisa do Fluminense, menos aquela inconcebível indiferença. Passou a tratar João Miguel com uma discreta formalidade, e ele, surpreendentemente, acompanhou-o em sua decisão, embora com visível constrangimento. Todas as vezes que cruzava agora com ele, Nelson surpreendia-se de que ainda estivesse no Sanatorinho. De alguma forma, parecia-lhe um boneco que tivesse altura e largura, mas nenhuma profundidade.

Voltou-se cada vez mais para os seus pensamentos, para o exterior da grande casa de madeira, para o mundo. E nunca mais sumiu-lhe nada.

4

Para quem só morou no Recife e no Rio de Janeiro, Campos do Jordão era a Sibéria. E o inverno se aproximava. Helena enviara-lhe dois suéteres que tricotara com restos de lã obtidos com alguma amiga ou comprados em armarinhos quando conseguia juntar algum dinheiro, e por isso eram um emaranhado de cores irregulares, mas "feitos com todo carinho", como diziam as palavras de uma carta sua. Como Nelson era muito friorento, resolveu cultivar uma barba espessa — e também porque acalentava em segredo a idéia de se tornar parecido com um mujique.

Logo mudou de idéia. A barba era preta, enquanto o bigode era vermelho. Os internos começaram a zombar dele. "Nelson Bigodóv!", gritava Alberto da cama, com voz rouca. E todos caíam na gargalhada. Tirou barba e bigode, mas enrolava-se tanto no cachecol que mal se viam seus olhos. Costumava ficar imóvel embaixo do cobertor, maldizendo as eternas janelas abertas. Seu único bálsamo era o delicioso cheiro de eucalipto que lhe perfurava as narinas com o vento frio. Parecia-lhe que tudo parara e se tornara de gelo, até seu coração.

Quanto tempo mais ficaria ali? Os dias passavam como procissões tristes. Olhou para o céu procurando uma resposta, mas as estrelas, triunfantes em seu brilho leitoso, permaneciam indiferentes. Parecia que morrera e estava vivendo uma nova vida, à parte da sua vida passada. Lembrou-se com infinita nostalgia de Eros Volúsia. Quando na noite alta todos murmuravam o nome de suas amadas — idolatradas e odiadas —, Nelson também acalentava a imagem de Eros; e quando pressentia como os corpos se retorciam, suspiravam e por fim quedavam exaustos nas camas magras, sentia-se mais um na faina interminável do amor, no qual não havia pecado possível. Queria então levantar bem alto o estandarte: "O pecado original é o sexo sem amor" — não sabia que quarenta anos depois sua profecia se cumpriria, mas as pessoas não se incomodariam, e seguiriam torcendo seus corpos e exibindo seus risos. Todas aquelas "mulheres da vida", desde as moças trêmulas que se vendiam por um tostão até as que escancaravam as gengivas em gargalhadas de bruxa de carochinha, sofriam desse mesmo mal. E aliás, por que esse nome, "mulher da vida"? Significava que esta era a verdadeira vida, e a outra era a "mulher do sonho"? Ou até — tremia ao ser levado irremediavelmente pelas próprias palavras a essa conclusão — a "mulher da morte"?

Foi naquele inverno que Nelson passou a acalentar a obsessão da morte. Tudo começou quando acordou no meio da madrugada e viu o corpo de um dos internos sendo removido da cama ao lado. A palavra era essa mesma, "removido", como se fora um incômodo saco de ossos. O que o chocara particularmente foi que os olhos do morto estavam abertos e pareciam acompanhar com interesse os movimentos dos enfermeiros. Em geral, numa tarde o sujeito tossia até quase virar do avesso, ia a exame, e no dia seguinte sua cama aparecia vazia e limpa, sem que uma palavra fosse proferida. A morte era recatada no Sanatorinho. Ah, que saudade dos mortos chorados e floridos da sua infância profunda, que diferença um morto regado pelas lágrimas de uma mãe ou de uma mulher! Ele mesmo sonhava com um enterro glorioso, e o perseguia uma imagem singular: a de um morto no qual crescia musgo nas pernas, trepadeiras no pescoço, e do qual saíam flores dos ouvidos, das narinas.

Como todos os outros, Nelson sabia que os caixões dos que faleciam no Sanatorinho saíam na calada da noite, para que os internos não se deprimissem contemplando o espelho do que provavelmente se tornariam em breve. Mas ver era diferente. Nada se compara à morte física, ao testemunho silencioso de um corpo macilento e mineral. Nesse momento um homem pode perder a fé.

A fé — era disso que nunca falava, mas era ela que flutuava, indecisa, no centro do seu silêncio. Sem Deus, estaríamos até hoje nas cavernas, ou uivando para a lua. Sem Deus, talvez ele tivesse matado. Foi Ivan Karamázov que disse que "Se Deus não existe, tudo é permitido" — e no entanto, ele não pensara em Deus quando deixara de assassinar Sylvia e seu amante. Ele simplesmente não fora capaz.

O que o repugnava era a fé ululante, que batia no peito e apontava o dedo acusador para os mortais, demasiadamente humanos. De alguma forma, sentia que a fé só valia se não fosse filha do medo, mas da alegria; se fosse uma escolha, e não uma necessidade ou uma imposição. E por isso ela só podia ser um risco: quando estivesse inteiramente certa de si, estaria morta.

Talvez chegasse o dia em que ninguém pensaria mais em Deus; e colocariam alguma coisa no Seu lugar — porque alguma coisa sempre é colocada no Seu lugar —, um objeto ou uma fotografia. Talvez viessem a esquecer mesmo que se morria — e provavelmente então não estariam mais realmente vivos.

Mas ainda se estava longe desse tempo. E Nelson se perguntava: como a morte podia ser o fim de tudo? O fim de Roberto, e dele mesmo? Então para que viver? Porém os desenhos de Roberto sobreviveriam, enquanto ele não deixaria nada para marcar sua passagem pela terra...

*

...as palavras se arrastam e me carregam com elas; e a morte é também a minha morte, é o meu corpo que retiram, mas não, por um momento não sei se é o meu corpo ou o do meu irmão, ou ainda um corpo que inventei; afinal fui testemunha de tudo, uma testemunha silenciosa e invisível, mas sobretudo uma testemunha dos desejos, das mágoas, dos delírios; o que sei é que em determinado momento desta história o ritmo se interrompeu, o "arrastar dos dias" estancou, não numa poça, não num charco, mas num lago, um vasto lago sereno, e foi aí que teve início o espetáculo.

O ESPETÁCULO

Hoje resolvi sair de casa. Fiz a barba de dias, tirei o *short* velho já sem elástico e a blusa regata com o nome de uma marca de roupas e pus uma camisa limpa com a calça bege, dessas de pregas, que comprei a conselho do vendedor — "é elegante e rejuvenesce", disse. Depois de dias de uma chuva triste de resignação, o céu está seco, embora grandes nuvens ainda cubram o sol. Escrever é a única coisa que me dá alegria — alegria e pavor —, mas sinto o bafo quente do dia me envolver agradavelmente quando dou os primeiros passos na direção da padaria. Na esquina, há uma pequena fila na barraquinha de cachorro-quente. O vendedor despacha o primeiro cliente, que sai tentando equilibrar em cima do pão um punhado de maionese, a salsicha, batatas fritas, carradas de cebola e pimentão e três tipos de molho. Algumas moças caminham na direção da praia deixando à mostra o sutiã do biquíni, mas nenhum olhar masculino as acompanha. Ao lado da barraquinha, meninos de rua parecem disputar algum tipo de jogo, e riem com dentes imensos.

Viro a esquina e constato que a lojinha que estivera em obras por vários meses se transformou numa mistura de sebo e livraria. Na estante, livros de auto-ajuda se acotovelam com clássicos amarelados, como *Moby Dick* e *O idiota*. Num impulso, entro e compro o romance de Dostoiévski, que aliás já tenho, em outra edição. Isso me autoriza, penso, a percorrer as estantes, folhear os livros e mesmo ler alguns deles, os mais recentes, pois ando desatualizado e quero saber o que se tem escrito ultimamente. E então entra na livraria uma moça bonita e de óculos — antigamente as moças bonitas não usavam óculos. Ouço as palavras nítidas que diz: "O que você tem sobre Nelson Rodrigues?" Imagino o vendedor pegando da estante o meu livro sobre Nelson, que ela alisa com amor. Mas não, parece que ela não diz nada, e apenas estende displicentemente um exemplar de um dos cem iguais que abarrotam a prateleira.

Na padaria, peço dois pães e um maço de cigarros, e enquanto aguardo, noto duas mulheres conversando animadamente. Uma delas tem uns olhos de coruja que reconheço, embora faça muito tempo que tudo aconteceu. Com essa mulher, tive o único relacionamento constante da minha vida. Moramos juntos por seis meses, e depois ela desapareceu sem dizer nada. Eu não a amava, mas começara a me habituar com ela. E como ela era diferente de mim! Diferente como as moças a quem não tinha coragem de me dirigir, na minha adolescência, e para quem os meus amigos me empurravam, rindo. Sabia que ela não podia me entender, e por isso nunca lhe falei de Nelson ou do Sanatorinho. Quando ela reclamava que não se podia andar mais em casa por causa dos livros, eu dava de ombros. Nossa vida era pontual e cotidiana; ainda posso sentir o gosto do seu bolo de laranja. Ouço agora a mulher falar com a amiga: "É um absurdo mesmo, quem ele pensa que é? Só porque põe dinheiro em casa? Eu também ponho! E a gente ali, toda cheirosa? Ah, se ele soubesse..." — mas não soube o que deveria saber, porque as duas se encontraram com uma terceira e entraram no salão de beleza ao lado.

Pego os pães e os cigarros e corro de volta para casa. As palavras transbordam, e estou de novo no Sanatorinho...

1

O frio pior já tinha passado e a primavera começava a se insinuar nos vastos campos que cercavam a grande construção de madeira. Afinados com o tempo lá fora, os internos pareciam mais leves, no corpo e na alma. Pesados suéteres de lã jaziam alegremente abandonados nos armários, e de vez em quando alguém encontrava uma luva caída ao lado de uma cadeira ou um cachecol sob um colchão e dizia: "É mesmo, tinha sumido." E ria, porque de repente todos tinham vontade de rir, e haviam se tornado mais dispostos, como quem acorda de uma longa noite sem sonhos. Até Luciano se surpreendia cantarolando em meio às tarefas mais triviais. Evidentemente aquele despertar coletivo das almas só podia ser passageiro; é que se o contraste dos tempos, o alternar das disposições de espírito num primeiro momento torna mais agudo o prazer da chegada do tempo bom, logo a balança se reequilibra e a média reassume seu posto. Mas antes que chegasse esse segundo momento, Alberto teve uma idéia que os encheu ainda mais de esperança: e se fizessem uma espécie de celebração qualquer, um evento que os divertisse um pouco, que os desviasse da monotonia daquele "pequeno hospício" — que era como costumava referir-se, com carinho e ironia, ao Sanatorinho...?

Ouviram-se murmúrios de aprovação. Onofre já sonhava com um recital em que falaria poemas da sua própria lavra quando alguém lembrou o nome de Nelson.

— Poderíamos encenar uma peça de teatro. Eu já fui ator, amador, é claro, mas ator. E Nelson é escritor do *Globo*.

A fome de Nelson

— Nelson é jornalista, não escritor — protestou o poeta parnasiano, visivelmente transtornado.

Mas ninguém lhe deu ouvidos. Os dias seguintes foram varridos por um *frisson* coletivo. Enquanto Nelson afundava-se em papéis e datilografava furiosamente numa Olivetti portátil que saíra sabe-se lá de onde, sem sequer levantar a cabeça — e apenas a brasa viva do cigarro atestava seu tumulto interior —, os doentes agitavam-se em busca de retalhos, pedaços de papelão e outras tralhas que pudessem aproveitar como cenário e figurino. Perguntaram ao recém-dramaturgo o que deveriam providenciar, mas ele respondera vagamente que não se preocupassem: bastavam as cadeiras, as camas e o vestuário habitual. Alguém quis saber se haveria mulheres em cena. Nelson parou por um momento de dedilhar a Olivetti e murmurou "boa idéia, boa idéia" várias vezes. E só. Isso, porém, não impediu os preparativos, que; como se sabe, muitas vezes são o melhor da festa. Em poucos dias Nelson tinha consigo o texto pronto, que distribuiu para os atores:

— Leiam, leiam. E podem escolher seus papéis.

— Não sei, não sei — disse um dos atores. — Será que vamos saber atuar?

— Mas o que fazemos nós, desde que nascemos, de manhã à noite, senão teatro, o mais autêntico teatro? — respondeu Nelson, mastigando as palavras com lentidão bovina.

Desde então se instaurou uma cumplicidade entre atores e autor, que seria também o diretor. Combinaram sigilo absoluto sobre o conteúdo da peça. Na data marcada, todos estavam reunidos diante do palco improvisado, e quase se podia pegar a expectativa com as mãos.

Eis a verdade: queria conquistar a estima de todos com um *sketch* sobre eles mesmos — suas angústias, suas dores, os golpes que sofreram do destino. Um olhar generoso banharia o drama dos homens abandonados à doença e às obsessões. Mas logo à primeira fala que pôs no papel fez-se ouvir a tecla da comédia. E por que ter medo do ridículo? Só os imbecis tinham medo do ridículo.

É difícil descrever o que aconteceu naquela tarde, o milagre que se operou, invadindo as faces encovadas da fome tuberculosa. Os internos se viam no palco e, por mais que fossem retratados com tiques estranhos, uma obsessão infundada ou incoerências brutais, os risos bailavam nos rostos até dos doentes mais graves. Só alguns poucos se recusaram a reconhecer naquelas faces convulsivas e naquelas frases lapidares os seus próprios rostos e vozes, e ostentavam na cara uma mistura de indiferença e desprezo. Entre eles, Onofre balançava a cabeça em sinal de reprovação: como teria sido diferente se ele tivesse escrito a peça! Não haveria então aqueles pobres-diabos proclamando a sua miséria, mas torrentes de belas palavras que envolveriam a todos numa aura de elevação espiritual...

Mas ninguém conseguia desgrudar os olhos do espetáculo: aqui, reconheciam Toríbio no personagem que cutucava os companheiros, oferecendo quinquilharias e lamentando a própria sorte; ali, via-se "seu" Carlos Alberto, imóvel como uma esfinge, contando mil vezes as suas moedas; em seguida entrava Onofre, desfiando um interminável palavrório que o fazia tossir descontroladamente. O próprio Nelson fazia uma aparição relâmpago procurando neuroticamente uma camisa e um cigarro. Porém o melhor era o momento dos relatos. Com incrível solenidade, os atores se adiantavam no palco e, batendo no peito esquálido, contavam histórias de ciúmes inverossímeis, que eram representadas diante dos seus olhos como num filme mudo — e eram ciúmes do pai da mulher amada, de algum bicho de estimação e até de uma penteadeira!

Nelson surpreendeu olhares comovidos de alguns quando um dos personagens declarava o seu desespero e solidão, enquanto devorava um frango assado invisível. Viu um dos internos rir até perder a dentadura no chão cheio de pernas, e arrastar-se de gatinhas procurando os dentes; outro, que não tinha conseguido uma cadeira, agachara-se e assistia ao espetáculo abraçando apaixonadamente os próprios joelhos. Quando apareceu a "mulher" enrolada em lençóis que deveria representar o eterno feminino a povoar a imaginação dos doentes, ouviu-se uma voz gritando "Traidora! Vagabunda!", logo tragada pelos risos e assovios da platéia. Alguns tossiram tanto que tiveram de ser retirados às pressas da platéia pelos enfermeiros, que também assistiam à apresentação. Foi por isso, em nome da saúde dos doentes, que aquele foi o primeiro e único espetáculo encenado no Sanatorinho.

Enquanto contemplava os doentes que assistiam à sua peça, Nelson teve uma espécie de alucinação.

A fome de Nelson

Viu centenas de mulheres gordas comendo pipocas, rindo e se contorcendo nas cadeiras. No centro do palco, ele mesmo entrava como se fosse um outro, curvando o corpo até o chão e recolhendo um tomate que se espatifara, ao som de aclamações e de vaias. E de repente teve a certeza de que era isso que faria pelo resto da sua vida.

2

Os dias passavam da mesma forma, mas algo havia mudado irremediavelmente. Nelson olhou-se no espelho e percebeu que era ele mesmo. Em pouco mais de um ano, tinha ganhado corpo; os braços, antes finos e diáfanos como varas de pescar, eram agora roliços; as pernas estavam quase fortes, e até uma protuberância ensaiava transbordar por cima do cinto apertado. Enfim, sobrevivera. Muitos amigos não eram os mesmos: alguns tinham morrido, uns poucos tinham saído, muitos ainda cumpriam seu calvário. Agora conversava quase mais com os enfermeiros que com os doentes, e todos pareciam concordar que estava bem assim. Afinal, estava no limiar de uma outra vida, como um agonizante às avessas; ele era alguém que aguarda.

E o dia da alta chegou. Na véspera, comunicaram-lhe que deveria arrumar suas coisas e pegar o bondinho da manhã. Naquela noite, pouco conseguiu dormir e, de madrugada, levantou-se e foi para a parte externa da casa. Mais um caixão saía para nunca mais voltar, com seu cortejo ínfimo de quase-desconhecidos. Em poucas horas ele mesmo estaria livre — não como o morto fugido de madrugada, mas como o detento que cumpriu sua pena, e que, tendo sido solto antes do tempo por bom comportamento, podia olhar os outros de frente e sem subterfúgios.

De manhã bem cedo, quando o sol ainda não tinha nascido e antes mesmo de tomar café, dirigiu-se até o campo aberto com José Cândido e mais dois enfermeiros. Tinha pedido para acompanhar o ritual de queima do colchão, realizado com todos os que saíam com vida do sanatório.

A fome de Nelson

À distância, ficou olhando o pequeno incêndio. As labaredas se estendiam como línguas para o céu ainda escuro, e lembraram-lhe os cabelos de Mário. As chamas queimavam o tecido, a espuma, o coração do leito que amparara seu corpo esquálido, corpo que fora progressivamente ganhando carnes, afundando e amoldando a espuma até torná-la quase uma réplica de si mesmo; e, com o pano e o recheio, eram os dias que se consumiam, que se volatilizavam e ardiam na luz intensa do fogaréu. Em torno da cabeça de Nelson giravam velozmente as sombras dos seus amigos e inimigos: João Miguel, Alberto, Onofre, Luciano, José Cândido, todos aqueles rostos e corpos trêmulos e teimosos que o acompanharam e, a seu modo, o alimentaram. Sentiu o incêndio chamuscar sua pele, sua carne, suas tripas, transformar tudo em pó, em cinzas, em nada, até moldar-se um outro corpo, um outro espírito e outras palavras. Pois agora elas invadiam-lhe a cabeça aos borbotões, e pareciam crepitar junto com o fogo. Ainda não tinham forma, mas sabia que estavam lá, à espreita.

Em meio à fumaça, percebeu a silhueta de um homem remexendo com um pedaço de pau as brasas do seu colchão. O que restara do fogo agora se confundia com os fiapos cor de laranja que sorrateiramente se infiltravam na noite sem estrelas. E de repente viu o sol. Pensou que se estendesse a mão poderia tocá-lo; e no entanto, ele lhe parecia tão inverossímil...! "O sol", repetiu para si mesmo. Não sabia que o sol era assim. E, com passos largos, dirigiu-se ao refeitório.

EPÍLOGO

Sim, Nelson voltou para o refeitório, despediu-se dos companheiros e retornou ao seio da sua família. Depois disso, escreveu *A mulher sem pecado*, foi aclamado por *Vestido de noiva*, cuspido por *Álbum de família*, e acusado de propagar o tifo e a malária na platéia. Que importa? Todos esses fatos — fatos comprovados, comprovadíssimos — são do conhecimento de todos. Mas o que ninguém sabe é que a primeira peça de Nelson, inesquecível para os que a viram e nela se viram, se perdeu no Sanatorinho, queimada, talvez inadvertidamente, junto com o colchão da sua doença.

E quanto a mim? Um único encontro, um encontro rigorosamente sem palavras e talvez até sem olhares — e fiquei marcado para sempre. Vivi a vida dele, acompanhei em silêncio todos os seus passos; estive a seu lado nos seus casamentos, no nascimento dos seus filhos; julguei reconhecer a sua euforia, sorri com ternura diante da sua adorável vaidade; discuti com ele no amor e na guerra, escrevi, e sempre fui vencido. Fui, enfim, uma espécie de fantasma que seguiu Nelson Rodrigues até a morte — e mesmo para além dela.

Ou — quem sabe? — o Sanatorinho talvez também seja um fantasma, uma fantasia extravagante de um cérebro enfermo, e eu não tenha realmente estado lá; talvez o meu "personagem secreto" esteja apenas nos meus delírios — ou eu nos dele...

BIBLIOGRAFIA

CASTRO, Ruy. *O anjo pornográfico: a vida de Nelson Rodrigues.* São Paulo: Companhia das Letras, 1992.

RODRIGUES, Nelson. *A menina sem estrela.* São Paulo: Companhia das Letras, 1993.

RODRIGUES, Stella. *Nelson Rodrigues, meu irmão.* Rio de Janeiro: Ed. José Olympio, 1986.

Este livro foi composto na tipologia Stone
Serif, em corpo 11/19, e impresso em papel
off-white 90g/m² no Sistema Cameron
da Divisão Gráfica da Distribuidora Record.